비포리 매화

황금알 시인선 197

비포리 매화

초판발행일 | 2019년 7월 27일

지은이 | 김복근
펴낸곳 | 도서출판 황금알
펴낸이 | 金永馥
선정위원 | 김영승 · 마종기 · 유안진 · 이수익
주간 | 김영탁
편집실장 | 조경숙
표지디자인 | 칼라박스
주소 | 03088 서울시 종로구 이화장2길 29-3, 104호(동숭동)
전화 | 02)2275-9171
팩스 | 02)2275-9172
이메일 | tibet21@hanmail.net
홈페이지 | http://goldegg21.com
출판등록 | 2003년 03월 26일(제300-2003-230호)

값은 뒤표지에 있습니다.

ISBN 979-11-89205-38-6-03810

비포리 매화

김복근 시조집

황금알

노는 듯이 일하고,
일하듯이 노는 사람

비포리 매화를 하릴없이 바라보기도 하고,
백야의 사구를 따라 낙타처럼 걷기도 한다.

몸은 한가해 보이지만 갈 길은 바쁘다.
그만둘까 망설이다 가슴을 디밀어 본다.

한두 편 시조만 읊조려도
중심이 되는 시대가 있었다.

***

시조가 중심이 되는
시대가 다시 보인다.

차 례

2부 내 실록 내가 써보는

3부 네 안에 내가 있다

4부 깡마른 얼이 됐다

1부

경상도 꿈 많은 사내

납매臘梅

밖을 보는 게 꿈이었다
볕은 그 꿈을 알아봤다

찬바람 물이 올라
죄다 풀다 터지다

부신 눈
살며시 뜨고

봉긋해진
봉오리

동지월매 冬至月梅

달빛 흰가 매화 흰가 견주고 있는갑다

동지에 매화 피자 휘영청 밝은 달빛

비포리 바닷가 마을 나래 접은 휘파람새

사위어가는 뼈마디 삭신은 쑤시지만

바람에 덧난 상처 추위를 발라내어

해조음 찰싹거리며 오도송을 하는갑다

비포리 매화

어제는 비가 와서 비와 비 비켜서서

바닷가 갯바람은 발끝에 힘을 주고

잘 익은 섣달 보름달 언가슴 풀어내듯

벼리고 벼린 추위 근골을 다잡으며

백 년 전 염장 기억 파르라니 우려내어

경상도 꿈 많은 사내 동지매冬至梅를 구워낸다

남명매南冥梅

메말라 여윈 가지 단아한 매무새는
동지에 눈을 뜨고 우수에 몸을 풀어
남명매 사백오십 년 성성자를 울린다

찬바람 불어오면 뿌리째 물을 길어
민얼굴 빈손으로 고요를 깨뜨리며
전서구 안부 전하듯 사무쳐 붉은 마음

법계사 범종 소리 산천재를 갈마들어
아침이 오기 전에 등 시린 문을 열고
개결한 설매雪梅 봉오리 뼈저린 소訴를 쓴다

율곡매

백두대간 바람 따라 살 시린 물줄기는
전율하듯 절규하듯 온몸을 헤집으며
사임당 젖은 눈매에 꽃망울 틔우더라

봄 마중 햇살 받아 고요도 몸을 풀고
오죽헌 너른 마당 먹물을 갈아내어
매창의 매운 붓끝은 묵매도를 그리더라

득음을 기다리는 육백 년 긴 세월은
버성긴 별을 모아 주광등 내어 걸고
율곡은 하얀 목덜미 구곡담을 읊조린다

매화장梅花醬

매화 그늘 아래 장독이 줄을 섰다
안거하는 스님처럼 휴거休居의 방에 앉아
아득히 굽은 열정은 둥근 어깨 다독인다

몸 안에 피는 팡이 매향이 감미로워
거친 삶 마름하듯 말갛게 결이 삭아
대 이은 아내의 손맛 다소곳이 익어간다

곡우 무렵

비를 부르느라 연신 손을 비벼댔다

꽃뱀이 지나갔다 풀숲이 흔들렸다

새순은 촉촉한 눈매 수련처럼 수런댄다

바람나 벙근 꽃잎 난분분 휘날리고

물오른 자작나무 거자수를 길어내듯

곡우 물 곡우사리에 씻나락*도 몸을 튼다

* 씻나락: '볍씨'의 경상도 토속어.

18

팔군무송 八群舞松

소나무도 나이 들면 풍류가 느는 갑다
제 흥에 내가 취해 시름을 잊었노라
아니리 장단을 치는 춤사위도 여유롭다

눈보라 이긴 가지 해탈의 바람 모아

그대 그리워
소곤대는 목소리

아려서 서러운 수관樹冠 녹음을 드리웠다

강주리 해바라기

어린 날 외가 마을 황톳빛 언덕배기
숨 고른 능선 따라 노오린 꽃이 폈다
마음에 마음을 더해 꽃 잔치 벌어졌다

더러는 해를 보며 머리를 세우고
더러는 무거워라 고개 절로 숙이고
성긴 듯 다습한 바람 구름이 머무르고

비우면 채워진다
채우면서 더해진다

절절한 가슴앓이 그리움을 몰고 와서
기다려 타는 목마름 해바라기 꽃이 된다

고마리

살다 보면 더러는 고마운 일 잊고 산다

바람 씌운 햇살은 실팍하게 살이 올라

꽃 속에 꽃을 피우며 남몰래 익은 사랑

옹다문 입을 열어 화사해진 눈웃음은

줄기보다 긴 뿌리 맑은 물 잣아 올려

벌 나비 놀다간 무늬 고요도 여유롭다

여뀌

꽃보다 예쁜 이름 물가에 뜻을 세워

가을볕이 뜨거워라 고개를 숙이면서

더불어 살아가리라 거친 호흡 숨을 쉰다

달콤한 분탕질에 더럽혀진 몸이어서

물기 어린 사연들이 뒤틀리고 배배꼬여

내 귀를 스쳐 흐르다 고요해진 타래실

갈대에 대한 변명

가을 강가 갈대꽃이 온데만데 피었다
상강 입동 오기 전에 돌아보는 되뇌임
흰 머리 쓸어 올리며 고해하듯 말하노라

가녀려 결곡한 몸 감잡혀 머뭇대다
찬바람 휘몰이에 눈물로 지새운 밤
개어귀 살아오면서 마음이 흔들렸다

넘치는 그리움은 귀살쩍은 몸짓이다
비우면 비울수록 힘들고 어려운 삶
때로는 칼을 벼리다 부러지듯 쓰러졌다

피 다른 남남끼리 부대끼며 살아가다
서지 못해 누워버린 가을 강을 보아라
흔들며 흔들리면서 오롯해진 저 사내

가을 지다

대자연의 파업은 단풍으로 예고됐다

갈피에 꽂힌 가을 또옥 똑 잎은 지고

어둠은 목을 껴안고 어깨를 짓눌렀다

무학산 빙화氷華

땀 배인 칠 부 능선 진경이 펼쳐졌다

눈를 안고
비가 오고
추위가 몰려와서

부풀어 오르고 오른 저 투명한 결빙의 방

새소리 텅 빈 숲에 나무는 쓰러지고
애잔한 눈빛으로 햇살 받은 눈꽃송이

미혼모 아이 키우듯
바람 불어
초인종

겨울나무

질긴 연 돌고 돌아 아득해진 가지 사이
살얼음 되감기는 알몸으로 나앉아서
바람은 메마른 살갗 손끝으로 긁어놓고

오욕의 아린 역사 비둘기빛 하늘 보며
시린 살 발라내듯 맑은 아픔 에어내는
어둡고 긴 피의 흐름 무채색 물관이다

울울한 눈물 자국 깡마르게 얼어붙어
허물을 닦기 위해 옷을 벗는 반거충이
빈 가슴 외등을 밝혀 가얏고 현을 켠다

설악 설법

별과 교접한 물고기는 초롱한 눈빛으로

백담천 깊은 소에 오종종 둘러앉아

정갈한 물의 설법을 귀 기울여 듣고 있다

2부

내 실록 내가 써보는

복기復碁

살아온 날 돌아보며
살아갈 날 짚어본다

어제는
오늘,
내일,
물 흐르듯 이어진다

내 실록
내가 써보는
내 삶의 조각 무늬

굴구이

장작불 고문하자 닫힌 입을 열었다

"내사 마 디러바서 말 안 할라 캤는데"

호신용 투구를 벗고 하얀 속살 드러낸다

불타는 석쇠 위에 허리를 뒤척이며

먹느냐

먹히느냐

뜨거운 줄다리기

온몸에 담아온 바다 짭조름히 울음 운다

미더덕의 꿈

파도 소리 에돌아 수채화를 그릴 즈음
향 내음 맑은 공기 씻은 듯 헹궈내어
내 마음 젖은 물속에 고요를 채웁니다

바람願은 눈물 되어 빈 가슴 적시는 날
서생이 상소하듯 붓끝을 곧추세워
알싸한 빛살 깨물며 파란 여울 그립니다

관을 쓴 하얀 알몸 외로 선 초롱 마냥
밤바다 불 밝히듯 손 모아 우러르며
형형히 타오른 눈빛 먼동을 틔웁니다

소계 두레박

누가 먼저
똬리를 틀었는지 알 수 없다

무장을 해제하듯 느긋해진 표정들은
작은 샘 소계 두레박 그 향기에 취해

안주인 다습한 손맛 아귀를 찜해 놓고
발효된 삶의 무늬 곡진하게 그려내어
무두질 살가운 수작 지친 마음 풀어낸다

비면 차는 새살처럼 한 순배 잔이 돌고
이 말 저 말 뒤섞여 뭉게구름 꽃이 피면

풀어져 달아오른 밤
마른 속 적셔준다

우듬지 감 알

언제부터 우리는 으뜸을 강요당했다.

찬바람 하늘 보며 볼 시린 감 한 알

우듬지 끄트머리서 간당간당 떨어대다

목마른 외로움은 말없는 과전果田에서

각다분한 마음으로 내 의식 키질하며

여리고 야윈 몸짓으로 투석하듯 연명한다

가을 술잔

갈바람 비가 와서 감나무 잎 지는 날

빈 잔은 오욕 칠정
가을이 깊어간다

가을비 빗줄기 따라 다홍빛 물이 든다

발갛게 달구어진 이 풍진風塵 시름들은
내 마음 깊은 곳에 한숨으로 드나들다

지는 잎 단풍을 세며 술잔을 기울인다

달빛 시회詩會

호숫가에 둘러앉아 달뜨기를 기다렸다
비루하게 살다 보니 가녀려신 목울 대로
우리는 술을 마시며 시린 속을 달구었다

부풀어 오른 양수
너볏하게 맑은 달은

한뉘를 돌아보며 술잔으로 갈마들어
시보다 진한 이야기 휘영청 차오른다

자오선 오르다가 수직으로 남중하여
안거 마친 스님처럼 자비를 풀어놓고
우려낸 주문을 모아 소지하듯 읊조린다

신분 증명

내가 나를 증거한다
나는 얼굴을 내밀었다

"주민증과 도장이 있어야 된다구요"
여직원 도도한 말에 납빛이 된 내 몰골

달이 달을 증거하고
꽃이 꽃을 증거한다.

피와 뼈, 감정까지
들어내 보이면 될까

내 얼굴
나를 증거 못하는
저 강파른 신분 증명

이명

대나무 통발 같은 통로가 열려 있다
색깔도 냄새도 느낌노 읶는 것이
긴 터널 달팽이관 지나 내이까지 가려워

시비하듯 욕질하듯 대책 없이 달려드는
너스레 어깃장에 넉살 좋은 발림까지
명치 끝 통점 누르며 불협화 안달이다

밤새워 그물질한 아수라 젖은 꿈은
지나가는 소리를 무선 표집 채록하여
귀 울어 꺾은 선 그래프 난수표를 그려놓다

비문증

눈앞에 모기 날아 머리가 어지럽다

먼발치 내다보며 안경을 닦아보다

부유물 스멀거리어 두 눈을 깜박이다

어둠을 밝히려고 안간힘 써보지만

귀엣소리 서러워서 구절초도 바삭댄다

원고지 얼룩진 자리 흔들리는 나의 문장

서고에 책을 쌓다

오뉴월 무더위를 알몸으로 울어대다
투명 덫 그늘에 갇혀 숨 막히는 나의 사유
하현달 눈물에 젖어 우두망찰 흔들린다

빛없는 어둠과 추위 오랜 안거를 거쳐
무거운 짐수레 끄는 지난한 삶의 길
내 마음 가려움증은 아토피로 일어선다

가이드 피싱

"아무것도 사지 말고 그냥 댕겨 오이소."
잠시, 아내 말이 귓등으로 흘러갔다
건포도 쪼그라들어 블루베리 위장했네

빈손으로 돌아오리
다짐은 허사였다

허허실실, 속고 속이는 게 사람살이
한순간 속아 넘어가 눈 뜨고 코 베었네

소금에 관한 명상 6

하얗게 끓던 물이 비등점에 올라가면
파도를 개켜내는 노을빛 일이서서
홀리듯 지나는 바람 그 바람을 견뎌내어

오뉴월 늦은 햇살 이악스런 몸짓으로
무채색 가슴 여는 저 하얀 사유 체계
응고된 순백의 포말 파리해진 얼굴이다

연민을 살려내는 기억은 불쏘시개
액을 몰아낸다고 액을 물리친다고
베갯모 자리끼 위에 굴피 삶을 그려낸다

시각 장애인의 말

"사과는 붉고 하늘은 푸른 줄 안다"
가려진 영상 속에 걸음이 무거워도
하현달 항로를 찾아 흐린 길 더듬는다

연노랑 점자블록
끊어졌다
이어졌다

허방 짚은 지팡이 파르르 흔들리고
다시는 만지지 못할 손 한번 잡고 싶다

붉어진 눈자위는 미간을 조이면서
부대껴 지친 몸 게운 숨 몰아쉬며
옹이진 내 삶의 불빛 밀치듯 당겨놓다

누전

배선이 나이 들어 차단기가 내려가자

목덜미 감아 도는 무반주 선율같이

티 없이 맑고 깨끗한 어둠이 몰려왔다

모란이 눈물지듯 때아닌 비가 내려

그늘진 앞섶 여미듯 은밀해진 절대 고요

고단한 내 삶의 손길 온몸이 저릿하다

3부

네 안에 내가 있다

상강霜降

단풍나무 붉은 손과 생강나무 노란 손이

서리 맞는 아픔으로
예고도 없이 손을 잡았다

후두암 수혈을 하는 피아골 목쉰 바람

시산제

저 높은 정수리에 자존은 띠를 둘러
언제나 편안한 듯 사계절 늠름하다
고단한 날개를 사려 가부좌 틀고 앉아

흰 눈 내린 태백산
날 선 바람 사이

살아 천 년 죽어 천 년 주목의 염원 마냥
시린 손 가만히 모아 마음을 다잡는다

경건한 삶의 찬미 경배하는 눈빛으로
빈산에 부려 놓은 등산객 작은 소망
솔바람 입김을 불며 푸른색 칠을 한다

지심도 운韻

1.

가쁜 숨 몰아쉬며 해도海圖 따라 오가는 길
내가 내리자 여객선은 부리나케 돌아갔다
물 좋은 바다 위에다 짐 부리듯 내려놓고

2.

고추바람 칼을 갈아 가팔라진 절벽 비경
잘 이겨진 반죽처럼 탄력 받은 오솔길은
동백 숲 터널을 이뤄 마음이 여유롭다

3.

동박새 직박구리 꼬리를 깨작이며
페로몬 진한 향 마음을 후려 놓고
가쁜 숨 고요를 깨워 지심지심 꽃이 핀다

사월로 가는 길목

어디선가 가만한 숨소리가 들려온다
누군가를 기다리며 불씨를 지피다가
바람난 아지랑이는 설레는 마음이다

저 푸른 하늘 위에 이름을 걸어놓고
바다가 그리우면 산호라도 그려보자
두 볼에 흐르는 눈물 꽃다지 감성 마냥

갓 깨어난 잉어처럼 싱싱한 아침이면
어둠은 아픈 무늬 말없이 닦아내고
분홍빛 봄의 울대는 우주의 문을 연다

풀잎에 맺힌 이슬 물오른 가슴마다
제 살을 찢고 나온 연둣빛 이파리
가무린 삶의 의지로 올가미를 풀고 있다

빗장뼈 파고드는 자맥질 햇살 따라
사월은 사랑과 조화, 쌍꺼풀 눈을 뜨고
살아서 맥박을 치는 저 부드러운 생명의 길

공룡 능선

네 안에 내가 있다 백악기 거대 몸집
너덜겅 벼랑 따라 바장이듯 오르다가
허기져 더딘 발걸음 허리띠 조여 맨다

날개 접은 시간이 능선에 머무르면
시조 노래 읊조리다 수필을 써보다가
산 첩첩 천 년 비경이 대하소설 쓰고 있다

돌아보라 돌아보라 지나온 길 돌아보라
사맛지 아니하여 모를 깎는 바위 마냥
짙푸른 푸르름으로 마음 먼지 닦아내고

삿된 생각 지우려 마른 침 삼키면서
가풀막 올라보면 까마득히 내리막길
지친 삶 바드러운 길 뒤꿈치 힘을 준다

---

* '사맛다'는 훈민정음 해례본 머리말에 나오는 말이다. '소통하다, 통하다'
는 의미로 '사맛다'를 살려 쓴다. '바드럽다'는 '위험하다', '위태롭다'는 뜻
을 가진 우리말이다. 우리 고유어를 한자말로 풀이해야 하는 현실이 안타
깝다.

몽골 백야白夜

바람은 사분거리며 시시각각 몰려왔다
통절한 사연들이 대뇌부로 스며들어
누렇게 부황 든 얼굴 미간을 찌푸렸다

살갗을 후벼드는
목마른 증언처럼

풀 한 포기 보이지 않는
사구砂丘의 길을 따라

낙타는 그늘진 역사
걸음도 무거워라

해가 저물어도 백야白夜는 이어졌다
주름진 살갗 사이 건조한 표정으로
희미한 게르*의 불빛 조등처럼 흔들렸다

* 게르: 몽골의 전통 가옥.

비 내리는 곶자왈

나무 위 바람 일어 구름이 드리웠다
나무 아래 숲 속에는 새소리 가득히다

곶자왈
빗속을
걷노라니

뵐 듯 말 듯

그대
우산

물질

바람 만난 구름이 무자맥질 시위하듯
거친 바다 물결 위에 테왁을 띄워놓고
여자는 나이 든 해일 주름살이 늘어난다

지나간 아픈 기억
가로 지른 빗장 풀고

바다를 기둥 삼아
서로를 탐한 결기

망사리 꿈을 채우며
한 생애를 살아왔다

너 없는 그곳에서 나만 아는 숨을 쉬며
물과 뭍 감도는 해류 때맞춰 길을 열고
어제에 오늘을 더해 내일을 건져낸다

곶자왈 반딧불이

한여름 뜨건 사연 단전에 힘을 준다
모유에 심지 박아 불 밝힌 징렁 되어
곶자왈 개짐을 풀 듯 몸을 열어 보이나니

내가 저를 보는지
저가 나를 보는지

오솔길 풀잎 넝쿨 천정 습지 민얼굴은
어둠이 버거운 발길 천지현황 읊조리다

숲이 깊어질수록 눈빛은 그윽해져
짝짓기 청맹과니 별빛을 담아내어
곶자왈 열없는 발광 저 여름밤 무도회

흑백 기억

홍수에 떠내려온 수박을 건지려다
물결에 휩쓸려 떠내려갈 뻔 했다
온몸은 기가 빠지며 소변이 마려웠다

도와주는 사람 없이 나올 수 있을지

조그만 욕심 때문에 겁이 덜컥 났다

되돌아 나오기 위해
팔다리를 허우적댔다

수직으로 헤어나는 일은 불가능했다
물결을 거스르지 않고 흐름을 따라가다
갑자기 떠오른 갈피 사각으로 헤엄쳤다

폭염

8월은 아침부터 불잉걸 피우더니
한낮이 다 되어도 끌 생삭을 않는다
저물녘 어둠 내려도 거두어 갈 줄 모른다

재갈 풀린 용광로 토해낸 화염처럼
타는 햇발 불기둥은 우뚝 선 용접봉
뜨거워 자지러지는 단말마 비명이다

혈뇨 앓던 바사기 두 눈에 열기 올라
지노귀 깽매이 치듯 찌는 더위 허덕일 때
한여름 고습한 바람 잠을 잡고 씨름한다

매미의 말

참매미 우는 복날 가을이 꿈을 꾼다
소낙비 지난 자리 아랫배 힘이 되어
수액이 차오른 나무 숨결도 여유롭다

사랑이란 가까이서
뜨겁게 울어주는 것

목마르게 갈구하며 황홀해진 목청으로
잠든 혼 경종警鐘을 치듯 폭염폭염 울어예다

한 생애 쌓은 공덕 한 이레 소진하여
빈집이 된 몸뚱이 톡 하고 떨어지는
그대는 거룩한 믿음, 하늘이 드높아라

봉암 수원지

여름이 뜨겁다는 걸
반룡산은 알고 있다

살 빠진 햇살들이
쏜살같이 몰려오면

수원지
늘어진 수양

자글자글
하얀
면발

사궁두미

여기도 사람 산다 속이 꽉 찬 마을에
집은 조그만 집 조개처럼 엎드려
둥근 등 어루만지며 서로를 다독인다

구불구불 뱀길 따라 너울이 넘나드는
막개도 모개 등대 어둔 밤 밝혀 서서
저 갯물 어울려 사는 눈부시게 슬픈 업보

달빛이 놀이하듯 물결을 잘싹이다
바닷가 바위틈에 밀물을 채우면서
한 열흘 푹 쉬고 싶은 사궁두미 작은 마을

무학산 겨울나기

산그늘 짙어지는 앵지밭골 돌아들자
바람은 어느새 잦아들고 있었다.
나뭇잎 작은 떨림에 숲은 저리 투명하고

삶의 절정에서 가진 것을 덜어내어
버려야 할 때 버리며 소생의 꿈을 꾸는
낙엽은 내 발밑 숲길 부드럽게 밟히운다.

물관은 때 이르게 수액을 빨아올려
물무늬, 그 결 눈부신 설레임에
메마른 겨울 햇살은 그리움을 쪼고 있다.

합천 기러기

악견산 관광농원 쇠기러기 찾아왔다

오골계 잿빛 토끼 놀다 싸우다 노래하다

찾아갈 고향도 잊었는가 터 잡고 살아간다

겨울 철새

겨울을 나는 새는 흔적을 남기지 않는다

바람 소리 목에 감고 하늘을 가로질러

은회색 섬세한 비상 포물선을 그리고

떠돌던 행려의 길 온몸으로 고해하며

흔들리는 그리움 고요의 길을 따라

곰삭은 젓갈 가슴에 구름 마냥 지나간다

산사의 눈

눈이 온다.

진 땅 마른 땅 가리지 않고

한동안 소식 없던 친구의 부음처럼

아자창 외로운 문틀 이마를 부딪치며

눈이 온다

기다리다 잠이 든 고양이 마냥

떠밀려 가는 발길 소신공양 꿈을 꾸며

별다른 기별도 없이 어깃장 걷는 걸음

4 부

깡마른 얼이 됐다

악수

죽은
사람이
살던 때를
그려보며

살던
사람이
죽을 때를
그려보며

손과 손
마주 잡으며
교감하는
전초
작업

순장 소녀

나 지금 앙상한 뼈마디 마디마다
마지막 피가 도는 무거운 삶의 질곡
사위어 가는 볼 위에 눈물이 흐르네요

잠자듯이 누웠는데 가슴이 저려와요
진물 배어 닫힌 길이 바스러져 무거워요
아득한 순간의 기억 숨을 쉴 수가 없어요

허기져 마른 입술 온몸이 식어가요
박제된 어둠 사이 바장이며 사라지듯
이름도 무늬도 없이 가붓하게 떠날래요

수로왕비 허황옥

나는 철익鐵衣 여인
아버지 왕명을 받아

쌍어雙魚를 앞세우고
난바다 건너와서

그리던 별포 나루터
발걸음도 가벼워라

붉은 배 붉은 깃발
바람에 휘날리며

맥놀이 뛰는 가슴
삼현 육각 잡히면서

천 년에 천 년을 더해
누리를 밝혀 섰다

가얏고 사랑

하얀 달 고운 이마 흐벅진 속살 보며
켜켜이 쌓인 선율 지던 꽃 다시 피어
목마른 가야의 들녘 새 음표를 그리누나

꽃송이 바람 따라 그림자 길게 내려

정든 임 여읜 가인佳人
줄 고르는 열 손가락

명주실 겹으로 꼬아 춤추듯이 뛰노누나

흥건히 차는 향기 모로 선 바늘귀에
양이두* 묶인 사랑 돋을무늬 새겨놓고
거친 맘 되돌려 세워 두둥둥 둥기둥기

* 양이두羊耳頭: 가야금 아래 끝에 열두 개의 구멍을 뚫고 부들을 잡아매는
  곳을 말한다. 양의 귀처럼 양쪽으로 비쭉 나와 있다.

꽃 피는 청동거울

요염한 몸짓으로 분단장 고이 하고
욕망이 타는 눈빛 베갯잇 길게 끌며
꽃 피는 청동거울은 잠들 줄을 몰라라

그대가 부르는 건지
내가 당기는 건지

고려 여인 전언처럼 목말라 하는 주문
새하얀 몸매 사이로 마음 문을 열어보다

대 이은 섬섬옥수 그리운 유전자는
얼레빗 가르마에 눈물로 절인 더께
지난날 꿈이 된 동록銅綠 돋을무늬 새긴다네

흰 바구* 전설

한 번도 보지 못한 용 못된 이무기
물기 어린 바람 타고 온몸을 뒤척이며
숫보기 서늘한 괴담 아직도 살아있다

천둥번개 홍수 지면 하늘을 우러르다
두 눈을 번뜩이며 불빛을 토해냈다
대 이어 전해져 오는 흰 바구 이야기

새들도 깃을 사려 숨죽이는 밤이 오면
적당히 덧붙인 말 아기별 잠재우고
벼랑은 물빛 그림자 용꿈을 꾸고 있다

* 바구: '바위'의 경상도 토속어.

오래된 가역현상

잠이 보약이라는 옛말을 믿게 됐네

어무이 품안에서 깊이 잔 다음 날

내 몸에 생긴 저항력 묵은 고뿔 떨어졌네

고향 언덕

그 날 그 자리 내 어릴 적 고향 언덕
짚동 사이 숨겼다가 몰래 먹던 고구마
목메어 다시 찾아와 아스라이 보노라네

가진 건 없지만
없는 게 없는 들녘

새로 돋는 풀잎처럼 사월의 강을 보며
그 옛날 발걸음 따라 샛바람 불어오네

서러워 참고 견딘 그림자를 데불고
배고파 삘기 빨던 황톳빛 해를 보며
비우듯 가득 차 있는 내 어릴 적 고향 언덕

복날

유월 햇볕이
한반도
윗도리를
벗기고 있다.

바지 끈이 풀려
아랫도리가
흘러내리고 있다

감추어
탱탱한 육질
혼례를
서두르고 있다

의령

아, 글쎄 그게 말일세. 의령에 령螺이 있어
의령을 지켜야 나라를 지킨다는
지명은 천상天上계시록 목숨 걸고 지켰다네

도도한 의로움은 쾌지나 칭칭나네*

망우당* 백산* 호암*
붉은 마음 불을 밝혀

사람이 사람을 낳는 요충이 되었다네

남강과 낙동강은 거름강 손을 잡고
자골 한우 찬 기운은 골바람 얼을 세워
기록도 남기지 않은 위인들이 즐비하네

* 쾌지나 칭칭나네: '쾌재라 청청 물러나네'를 메나리조로 바꾸어 부른 노랫말.
* 망우당 : 곽재우 선생의 호.
* 백산 : 안희제 선생의 호.
* 호암 : 이병철 선생의 호.

갓골

아이가 울지 않는 마을은 시골 마을
늙은이 내외가 다독이며 살았는데
지는 해 어둠 내리듯 마을을 떠나가고

대 이어 살아오던 마을은 고향 마을
빗장 걸린 자물쇠 녹물을 부려놓고
살붙이 떠나간 자리 풀벌레만 울어쌓네

비 오는 천지天池

경계에 지배당한 발길이 아프구나

고도만큼 높은 손짓 완강하게 거부하며

에돌아 오르는 계단 바람마저 치밀었다

젖은 비 머리카락 김 서린 안경 위로

온몸에 두른 결기 신비의 영감 풀어

보이고 싶지 않은 몸 우무雨霧가 자욱하다

위화도 회군

반길을 돌리기 전 마음이 먼저 돌아섰다
될 일을 안된다고 속절없이 판단했다
갈기를 되돌리면서 야윈 말 등을 쳤다

무심히 흐르는 물 역사도 함께 흘러
만주벌 옛 땅은 동북 공정 멍에 쓰고
고압선 철탑을 따라 가슴 한쪽 무너진다

백두산에 비 오고, 압록강은 살았는데
지금은 남의 나라 박작성* 높이 올라
언젠가 찾아야 할 땅 사방을 휘둘러본다

* 박작성: 고구려의 옛 땅 만주 일대를 중국이 관장하면서 연개소문이 축조
한 천리장성千里長城의 일부인 박작성泊灼城을 호산장성虎山長城으로 보수한
후, 만리장성萬里長城의 기점은 호산장성이라는 터무니없는 주장을 펴기
시작했다.

사명대사 비의 눈물

산머루빛 표충사 숲길에서 나는 보았다.

고통은 꽃이 되어 입적하는 알몸 마냥

한여름 무더위에도 긴장의 눈을 뜬다

불안한 시대 바람 동해 바다 굽어보며

거북등 타고 앉은 큰 바위 얼굴은

균열져 흐르는 눈물 단죄하듯 칼을 간다

* 국난 때면 땀이 난다고 하여 사명대사 비는 밀양시 무안면에서 나라의 안
  위를 걱정하고 있다.

슬픈 역사驛舍
— 위안부 소녀

바람이 지나갔다 눈물이 메말랐다

몰아치는 비바람에 홀로 핀 달맞이꽃

꽃대는 파죽지세로 무참하게 쓰러졌다

그들은 진창을 달리는 말이었다

내 몸은 슬픈 역사驛舍 낭자한 간이역

실험실 개구리처럼 꽃잎 져 어두운 밤

학동 돌담

자란만 소금 배인 수태산 납작돌은

켜켜이 기氣가 서려 포개포개 담이 됐다

한 줄기 조선의 불빛 깡마른 얼이 됐다

길게 이은 돌담 위 구름이 맴도는 곳

굴신은 치욕이다 의義로움을 새기면서

서릿발 꼿꼿이 세운 서비 선생 시린 눈빛

* 서비西扉 최우순(1832.6.22.~1911.3.19.)선생은 고성군 하일면 학림리 학
  동 마을 출신이다. 1905년 나라가 경술국치를 당하자 일본을 보지 않겠다
  며 호를 서비로 바꾸었다. 1911년 일제가 은사금恩賜金을 내리려 하자 절의
  를 지키기 위해 자결한 순국의사이시다.

해설

존재의 시원과 역사를 탐색하는
시조의 위의威儀

유 성 호(문학평론가 · 한양대학교 국문과 교수)

1. 고전적 통찰과 완미한 형식 미학

우리 현대시조는 연면한 생명력을 넘어 스스로의 갱신 가능성을 풍요롭게 실현하는 고유하고도 독자적인 현재형 양식으로 거듭나고 있다. 이는 시조가 현대인의 보편적 사유와 정서를 섬세하게 반영할 수 있는 규율과 내용을 끊임없이 확충해왔기 때문일 것이다. 한편으로는 고시조를 계승하고 한편으로는 그것을 훌쩍 넘어서면서 현대시조는 인간 실존이 겪는 복합적 상황과 정서와 사유를 줄곧 담아왔다. 때로 장형화하고 때로 요설과 파격을 통한 충격 시형도 나타나고는 있지만, 그럼에도 시조가 정형 양식으로서 오래도록 견시해온 정체성과 존재 조건이 부정되는 것은 아니다. 오히려 우리 시조는 정형 양식의 고전적 기율을 충족하면서도, 내용적으로는 다양하고 심원한 현대성을 더욱 풍요롭게 개척해왔던 것이다.

우리 시조시단의 중진인 김복근金卜根 시인의 신작 시조집 『비포리 매화』는 고전적 통찰과 완미한 형식 미학을 갖추면서 그 안에 견결하고 깊은 마음의 상태를 새겨 간 현대시조의 심미적 화첩으로 모자람이 없다. 시인은 "시조가 중심이 되는/시대"(『시조의 말』)를 꿈꾸면서, 이번 시조집을 통해 가장 고매하고 아름다운 마음의 차원을 사유해간다. 나아가 존재의 시원始原과 역사를 함께 결속하면서 자신만의 다이내믹한 언어를 정성스레 갈무리해간다. 정형 양식 안에서 이러한 역동성과 다양성이 출현한다는 것은 매우 드문 일이고, 그것은 어느새 김복근 시인만의 미학적 특성으로 깊이 새겨지고 있다. 이제 그 '비포리 매화'가 역동적으로 피워 올리는 시학적 향기에 한껏 가닿도록 해보자.

2. '매화'를 향한 다양하고도 집중적인 형상적 성취

우리가 한 편의 서정시에서 어떤 기억을 재생시킨다고 할 때, 그것은 현재적 일상의 리듬에 의해 걸러지고 조형된 장면이나 순간이 주된 소재로 나타나게 마련이다. 물론 이러한 현재형이 과거와 철저하게 격절된 것은 아니다. 다만 서정시는 선명한 기억을 매개로 하여 '과거-현재-미래'를 순간적으로 통합하는 시간 형식을 생성할 따름이다. 이때 '기억'이란 표면에 새겨진 고정된 형상을 대상으로 하지 않고, 과거 상황과 비슷한 맥락이 오면 언제든 유추적으로 그것을 재현할 준비를 하고 있는 잠재적 운동성을 말하는 것일 터이다. 이러한 기억을 매개로 하는 '시간'은 가장 중요한 서정의 원리이기도 하지만, 사물들의 존재론적 비의秘義를 가장 본질적으로 드러내거나 암시하는 물리적 조건이 아닐 수 없다. 어떤 풍경을 묘사할 때조차 시인들이 시간의 흐름이라는 은유를 택하려는 것도 바로 시간이 가진 이러한 생성적 원리 때문일 것이다. 먼저 김복근 시인이 현재형으로 잡아놓은 '매화' 형상을 읽어보도록 하자.

밖을 보는 게 꿈이었다
볕은 그 꿈을 알아봤다

찬바람 물이 올라
죄다 풀다 터지다

부신 눈
살며시 뜨고

봉곳해진
봉오리

—「납매臘梅」 전문

매화 그늘 아래 장독이 줄을 섰다
안거하는 스님처럼 휴거休居의 방에 앉아
아득히 굽은 열정은 둥근 어깨 다독인다

몸 안에 피는 팡이 매향이 감미로워
거친 삶 마름하듯 말갛게 결이 삭아
대 이은 아내의 손맛 다소곳이 익어간다

—「매화장梅花醬」 전문

'납매臘梅'란 섣달에 꽃이 피는 매화로서 예로부터 겨울
철에도 즐길 수 있다는 '설중사우雪中四友' 가운데 하나로
불리었다. 밖을 보려는 꿈을 알아본 '볕'이 그 '납매'를 키

웠고, 찬바람이 불어와 그것을 터뜨려 결국 "부신 눈/ 살며시 뜨고// 봉곳해진" 납매 봉오리가 되게끔 했다. 이는 그 자체로 신고辛苦를 이겨내고 매화가 아름다운 형상을 얻어간 오랜 시간을 순간적으로 집약한 과정을 잘 보여준다. 말할 것도 없이, 그 안에는 과거와 현재와 미래를 한순간에 통합한 '충만한 현재형'으로서의 시간이 흐르고 있을 것이다. 이어지는 작품에서 시인은 매화 그늘 아래 늘어선 장독들을 배경으로 하여, 그 안에서 안거하는 스님처럼 가지고 있는 "아득히 굽은 열정"을 들여다본다. "몸 안에 피는 팡이 매향"의 감미로움과 "거친 삶 마름하듯 말갛게" 삭은 결을 따라 대를 이어 전해져온 "아내의 손맛"이 익어가는 풍경을 노래한 것이다. 그 풍경 안에 녹아 있는 오랜 시간과 그 한가운데 피어 있는 '매화'를 노래하는 감각적 심미성에, "개결한 설매雪梅 봉오리"(「남명매南冥梅」)의 역사성까지 보탬으로써 김복근 시인은 삶과 사물의 존재론적 비의를 선연하게 암시하고 있다. 다음은 어떠한가.

어제는 비가 와서 비와 비 비켜서서

바닷가 갯바람은 발끝에 힘을 주고

잘 익은 섣달 보름달 언가슴 풀어내듯

벼리고 벼린 추위 근골을 다잡으며

백 년 전 염장 기억 파르라니 우려내어

경상도 꿈 많은 사내 동지매冬至梅를 구워낸다
—「비포리 매화」 전문

시조집의 표제작이기도 한 이 시편은, 한 사내가 정성
껏 피워 올리는 '동지매冬至梅'를 노래한다. 비가 내리고
비가 서로 비켜설 때 "바닷가 갯바람"과 "벼리고 벼린 추
위"를 넘어 '매화'는 "백 년 전 염장 기억 파르라니 우려
내어" 그야말로 "비포리 바닷가 마을 나래 접은 휘파람
새"(「동지월매冬至月梅」)처럼 경상도 꿈 많은 사내의 신산하
고도 아름다운 내면의 시간을 암유暗喩한다. "경상도 꿈
많은 사내"로서의 '시인 김복근'의 모습이, 잠깐, 순하게
다가오는 순간이다.

이러한 '매화'를 향한 다양하고도 집중적인 형상적 성
취는 우리 시조가 일군 귀중한 결실 중 하나일 것이다.
더러 심미적 표상으로, 더러 역사적 의지의 충일함으로,
더러 내면적 깊이의 은유적 상관물로 번져간 이 형상으
로 하여 이번 시조집은 '매화'의 눈부신 모습과 향기로

자욱하다. 이때 시인은 대상과의 동일성을 추구하는 서정 양식의 속성을 적극 견지하면서 대상 관찰의 오랜 시간과 그에 대한 독자적 해석안眼을 동시에 보여준다. 따라서 김복근 시인은 세계와 자아 사이의 균열을 메워가면서 삶의 심미적 완성을 믿는 고전주의자라고 할 수 있을 것이다.

3. 자연 친화를 통한 '겨울'의 생명력

현대시조는 서정 양식의 고전적 범례로서 시인 자신의 정신적 차원을 고백하고 드러내는 데 제격이다. 많은 시인들은 대상에 대한 매혹을 자신에 대한 성찰로 변형시켜 가는데, 이때 나르시시즘을 넘어선 반추와 반성의 태도를 줄곧 견지하게 된다. 그러한 성찰적 자세가 시조 양식의 본래적 특성을 지켜내면서 삶의 다양한 변용을 이루어내는 것이다. 그만큼 정형 양식의 전통은 인간의 실존적이고 보편적인 삶과 정서를 담아내는 맞춤한 그릇 역할을 충실하게 해왔고, 현대시조는 보편적 인생론의 경향을 띠면서 고전적 정서의 재발견에 첨예한 역할을 하게 되는 것이다. 김복근 시학의 무게중심 또한 이러한 고전적 정서의 재발견 과정에서 발원한다.

산그늘 짙어지는 앵지밭골 돌아들자
바람은 어느새 잦아들고 있었다.
나뭇잎 작은 떨림에 숲은 저리 투명하고

삶의 절정에서 가진 것을 덜어내어
버려야 할 때 버리며 소생의 꿈을 꾸는
낙엽은 내 발밑 숲길 부드럽게 밟히운다.

물관은 때 이르게 수액을 빨아올려
물무늬, 그 결 눈부신 설레임에
메마른 겨울 햇살은 그리움을 쪼고 있다.

—「무학산 겨울나기」 전문

  '겨울'은 대체로 가혹한 외적 조건으로 은유되는 경우
가 많다. 이 작품은 '무학산'에서 추운 겨울을 나는 '산그
늘'과 '바람'과 '숲'과 그것들을 감싸고 있는 "메마른 겨울
햇살"을 통해 삶의 원초적 지경地境에 대한 그리움을 노
래한다. 시인은 "나뭇잎 작은 떨림"에도 투명한 숲을 새
삼 바라보면서, 삶의 절정에서는 "가진 것을 덜어내어/
버려야 할 때 버리며 소생의 꿈을 꾸는" 태도가 필요하
다는 점을 절감한다. 낙엽도 부드럽게 밟히고 물관은 눈
부신 물무늬의 설레임을 새겨갈 때 비로소 그리움을 쪼

고 있는 햇살이라니. 시인이 바라보는 '겨울나기' 과정은 그 점에서 혹독하기보다는 따뜻한 그리움을 생성시키는 천혜의 토양으로 몸을 바꾼다. 그렇게 무학산의 겨울은 "부풀어 오르고 오른 저 투명한 결빙"(「무학산 빙화氷華」)의 시간을 품고 있고, 시인에게 '겨울'이란 원초적 따뜻함을 품은 역설의 시간으로 다가오는 것이다.

> 겨울을 나는 새는 흔적을 남기지 않는다
>
> 바람 소리 목에 감고 하늘을 가로질러
>
> 은회색 섬세한 비상 포물선을 그리고
>
> 떠돌던 행려의 길 온몸으로 고해하며
>
> 흔들리는 그리움 고요의 길을 따라
>
> 곰삭은 젓갈 가슴에 구름 마냥 지나간다
>
> ―「겨울 철새」 전문

'겨울 철새'들의 고유한 외관과 생태를 담은 이 시편은, 새들이 흔적을 남기지 않고 하늘을 가로질러 '섬세한 비상 포물선'을 그리면서 사라져가는 것을 묘사한다. "떠

돌던 행려의 길"에서 알게 된 "흔들리는 그리움"과 "고요
의 길"을 따라, "살아서 맥박을 치는 저 부드러운 생명의
길"(「사월로 가는 길목」)로 나아가는 철새들의 가파른 아름
다움을 담아낸다. '겨울나기'의 시간과 '겨울 철새'의 공
간이 모두 가장 원초적인 현장이 되는 순간이 아닐 수
없다. 말하자면 인간의 욕망이 닿지 않은 원형의 시공간
을 통해 일종의 존재론적 제의祭儀를 치러내는 과정이 그
안에 깊이 담겨 있는 것이다. 그 시공간은 한결같이 삶
의 효율성이나 세속성에 의해 가려져 있지만, 그 역설적
눈부심으로 하여 오히려 빛을 내는 것들이다.

　근원적으로 말해, 서정시의 본래적 기능은 새로운 깨
달음과 감각의 갱신을 통해 사물의 의미와 본질을 재발
견하는 데 있다. 인간이 그동안 공들여 축적해왔던 중심
적 가치인 평화나 자유 같은 커다란 가치들이 폭력적으
로 폐기되고 그 자리를 온통 자본의 효율성이 메워버린
시대에 김복근 시조가 자연 친화를 통한 '겨울'의 생명력
강조로 나아가고 있는 것은 그 점에서 퍽 자연스러운 일
이다. 이번 시조집은 바로 그러한 속성을 택하여 가장
투명하고 심미적인 언어를 담아낸 고전적 정서의 재발
견 결과인 셈이다.

4. 신성과 생명의 근원으로서의 '산'

원래 서정시는 스스로 택하는 자유로움을 통해 '원초적 통일성'을 회복하는 것을 궁극적 과제로 삼는다. 이때 우리는 주체와 세계가 분리되어 있는 경험으로부터 그것의 통합적 국면을 꾀하고자 하는 서정시의 지향을 한껏 경험하게 된다. 우리를 둘러싸고 있는 세계와 그것을 인식하고 수용하는 주체를 이어주는 새로운 감각의 필요성이 여기서 대두하는데, 이 감각은 주체와 세계가 일정한 연관성을 가지는 것으로 이해하는 방식을 말한다. 사실 모든 서정시는 시인이 겪어낸 경험의 정서적 등가물이다. 대부분의 시인에게 그러한 경험의 원천이 되고 있는 상징은 줄곧 자연으로 나타난다. 그 가운데서 '산山'은 김복근 시인으로 하여금 삶을 근원에서부터 깨닫게끔 해주는 상징이 되기도 하는데, 시인은 '산'에서 신성의 흔적을 발견하기도 하고 생명의 근원을 은유할 수 있는 형상을 찾아내기도 한다.

저 높은 정수리에 자존은 띠를 둘러
언제나 편안한 듯 사계절 늠름하다
고단한 날개를 사려 가부좌 틀고 앉아

흰 눈 내린 태백산
날 선 바람 사이

살아 천 년 죽어 천 년 주목의 염원 마냥
시린 손 가만히 모아 마음을 다잡는다

경건한 삶의 찬미 경배하는 눈빛으로
빈산에 부려 놓은 등산객 작은 소망
솔바람 입김을 불며 푸른색 칠을 한다
—「시산제」 전문

'시산제始山祭'는 새해가 시작될 무렵 산에서 드리는 제사를 말한다. 가령 "저 높은 정수리"에 깊이 퍼져 있으면서 가부좌 틀고 앉아 있는 '산'의 자존을 떠받들면서 "경건한 삶의 찬미 경배하는 눈빛으로" 바라보는 그 나름으로 신성한 절차인 셈이다. 시인이 바라보는 "흰 눈 내린 태백산"은 날 선 바람 사이로 "살아 천 년 죽어 천 년 주목의 염원"처럼 번져가는 마음을 가만히 다잡는다. 그렇게 빈산에 부려놓는 작은 소망들이 산을 푸른색으로 장식해가는 것일 터이다. 이제 '산'은 "은밀해진 절대 고요"(「누전」)와 함께 "온몸에 두른 결기 신비의 영감"(「비오는 천지天池」)까지 풀어 놓는다. 과연 문명의 틈입이 있기 전 시원의 자태 그대로다. 김복근 시조의 국량局量과 너비가 증명되는 순간이다.

네 안에 내가 있다 백악기 거대 몸집
너덜겅 벼랑 따라 바장이듯 오르다가
허기져 더딘 발걸음 허리띠 조여 맨다

날개 접은 시간이 능선에 머무르면
시조 노래 읊조리다 수필을 써보다가
산 첩첩 천 년 비경이 대하소설 쓰고 있다

돌아보라 돌아보라 지나온 길 돌아보라
사맛지 아니하여 모를 깎는 바위 마냥
짙푸른 푸르름으로 마음 먼지 닦아내고

삿된 생각 지우려 마른 침 삼키면서
가풀막 올라보면 까마득히 내리막길
지친 삶 바드러운 길 뒤꿈치 힘을 준다

—「공룡 능선」 전문

'공룡 능선'이라는 아득한 백악기 시절을 톺아 올림으로써 시인은 우리 안에 남아 있는 시원의 흔적을 다시 한번 재생시킨다. 그 능선에서 시인은 "너덜겅 벼랑 따라 바장이듯 오르다가" 문득 스스로의 발걸음에서 허기를 느낀다. 그것은 오래도록 거기 머물렀던 "날개 접은 시간"을 때로는 '시조 노래'로 읊조리다 더러는 '수필'로 써보다가 급기야는 "산 첩첩 천 년 비경이 대하소설"로 씌어져야 함을 느끼게끔 해준다. 지나온 길 돌아보니 오래도록 사맛지 않아 "모를 깎는 바위"처럼, 능선은 그대로 푸른빛을 안은 채 사람들의 마음 먼지를 닦아준다. 이때 시인은 "삿된 생각"을 지우며 "까마득히 내리막길"에서 "지친 삶 바드러운 길"을 걷느라 뒤꿈치에 힘을 주고 있다. 그래서 우리는 그 능선에서 시인과 함께 "지나간 아픈 기억/ 가로 지른 빗장 풀고"(「물질」) 있는 자연의 거대한 품을 만나게 된다. 또한 이는 고유어를 힘껏 살려 쓰는 민족어의 파수꾼으로서의 김복근 시조가 돌올하게 나타나는 사례라 할 것이다.

서정시에서 나타나는 이러한 자연으로의 경사傾斜가 김복근 시인에게만 특별하게 해당되는 방법론은 아닐 것이다. 어쩌면 그것은 인생을 줄곧 자연에 비유해온 서정시의 오랜 지향이기도 했을 것이다. 그것은 소극적인 자연 친화로부터 문명 비판을 깊이 담고 있는 적극적 대안 담론까지 그 폭을 다양하게 펼쳐왔다. 하지만 이제 그 양상은 자연 몰입이나 문명 비판 같은 주체의 현상학을 내던지고, 시인 스스로 자연 자체로 화하려는 욕망을 드러내기도 한다. 이때 인간은 자연의 일부가 되기도 하고, 자연의 속성을 결여한 자가 되기도 하며, 근본적으로 자연을 향할 수밖에 없는 한계적 존재로 형상화되기도 한다. 김복근 시조는 우리 삶의 위기 국면을 감안하면서도 낙관적 전망 같은 것을 섣부르게 제시하지 않고, 신성과 생명의 근원으로서의 '산' 혹은 '능선'이 항구적으로 지니고 있는 속성을 통해 삶의 깊은 허무를 견뎌가는 방법을 오롯하게 보여주고 있다 할 것이다.

5. 삶의 형식으로서의 시쓰기

우리 시대의 시인들은 한결같이 자연을 통한 투사와 대상화代償化 그리고 주체의 타자화를 시도함으로써 시와 현실의 동시적 수용에 매진하고 있다. 그것은 한편으로 그들의 시에 일종의 메타적 상상력을 부여하기도 하는데, 말하자면 시인들은 '시쓰기'의 원질이랄까 정체성이랄까 하는 것들을 힘겹게 고민하면서 결국 '시를 쓴다는 것은 무엇인가?'라는 원형적 질문에 가닿게 되는 것이다. 김복근 시인은 그 스스로 '시인'으로서 지켜야 할 태도와 '시쓰기'라는 행위에 대하여 적극 노래하는 품을 보여준다. 시인이 '시'를 통해 가닿고자 하는 대안對岸은 '시' 자체에 대한 사유의 언덕인 셈이다. 그는 '시조는 (나에게) 무엇인가' 하는 질문을 끊임없이 던지면서 스스로 답한다. 이때 '시조'란 삶을 담아내는 거울이기도 하고, 나르시시즘을 충족시키면서도 또한 아득하게 타자로 퍼져가는 언어적 파동이기도 하다. 그리고 시인의 사유와 감각이 빚어내는 기억이 그러한 파동의 육체를 구성해간다. 그래서 결국 그에게 '시조'란 순간과 영원, 선택과 망설임, 안착과 방황을 결속하는 삶의 형식이 된다.

호숫가에 둘러앉아 달뜨기를 기다렸다
비루하게 살다 보니 가녀려진 목울대로
우리는 술을 마시며 시린 속을 달구었다

부풀어 오른 양수
너볏하게 맑은 달은

한뉘를 돌아보며 술잔으로 갈마들어
시보다 진한 이야기 휘영청 차오른다

자오선 오르다가 수직으로 남중하여
안거 마친 스님처럼 자비를 풀어놓고
우려낸 주문을 모아 소지하듯 읊조린다
　　　　　　　　　　　　　　—「달빛 시회詩會」 전문

'달빛 시회'라는 낭만적 제목을 단 이 시편은 호숫가에 둘러앉은 이들이 "너볏하게 맑은 달"이 뜨자 시를 즐기는 모습이 약여하게 드러난다. "비루하게 살다 보니 가녀려진 목울대"는 한잔 술과 함께 서서히 "시보다 진한 이야기"로 확장해간다. 휘영청 차오른 달이 지상으로 쏘는 빛을 향해 시인은 "자오선 오르다가 수직으로 남중하여" 자비를 풀어놓는 "안거 마친 스님"으로 비유해본다. 그때 비로소 "우려낸 주문을 모아 소지하듯 읊조린" 시詩가 달빛에 젖어 "티 없이 맑고 깨끗한 어둠"(「누전」)처럼 스며오는 것이다. 이처럼 김복근 시인에게 '시'란 어둠을 밝히면서 번듯하고 의젓하게 살아가는 진한 이야기를 담아내는 삶의 고백이자 증언이자 노래인 셈이다. 그렇게 시는 "원고지 얼룩진 자리 흔들리는 나의 문장"(「비문증」)에서처럼, 자신의 실존을 투하한 절실한 순간의 기록이었을 것이다. 고전적인 마음속에 낭만적인 밝기랄까 하는 것이 스민 김복근 시학의 요체要諦가 여기 훤칠하게 나타나 있다.

참매미 우는 복날 가을이 꿈을 꾼다
소낙비 지난 자리 아랫배 힘이 되어
수액이 차오른 나무 숨결도 여유롭다

사랑이란 가까이서

뜨겁게 울어주는 것

목마르게 갈구하며 황홀해진 목청으로
잠든 혼 경종警鐘을 치듯 폭염폭염 울어예다

한 생애 쌓은 공덕 한 이레 소진하여
빈집이 된 몸뚱이 톡 하고 떨어지는
그대는 거룩한 믿음, 하늘이 드높아라

　　　　　　　　　　　　　—「매미의 말」 전문

　'매미의 말'로 비유된 언어 역시 '시'를 은유하는 것이
다. 여름날 온몸을 다해 울어대는 참매미는 "가을이 꿈
을" 꾸는 형상으로 전이된다. 소낙비 그치자 수액이 차
오른 나무 숨결도 여유롭게 가을을 기다린다. 그렇게
"사랑이란 가까이서/ 뜨겁게 울어주는 것"이 아닌가. 시
간이 어느 한순간을 버리고 다른 순간으로 옮겨가듯이,
참매미의 "목마르게 갈구하며 황홀해진 목청" 또한 "잠
든 혼 경종警鐘을 치듯" 우는 것이다. 이때 매미의 울음소
리를 "폭염폭염"으로 의성화한 것은 김복근 시인의 탁월
한 언어 감각을 잘 보여준다. 그렇게 "한 생애 쌓은 공
덕"을 소진하면서 스스로는 "빈집이 된 몸뚱이" 하나 남
기고 사라져가는 매미야말로 "거룩한 믿음"의 존재가 아
닐 것인가. '매미'는 곧 자신의 뜨거운 울음을 통해 누군

가를 위안하고 누군가와 함께하다가 스스로는 사라져가는 '시인'의 존재론을 닮은 것이다. "삶의 무늬 곡진하게 그려내"(「소계 두레박」)는 절절한 마음과 "둥근 등 어루만지며 서로를 다독인"(「사궁두미」) 사랑이 그 안에 농울치고 있다.

이처럼 김복근 시인이 우리에게 보여주는 인상적 모습은 그가 생각하는 '시詩'가 삶의 고통을 통해 다다르는 영혼의 형식이라는 점에 있다. 그래서 그에게 '시조'는 미적 자율성을 띠는 독립적 언어 양식이나 사회 현실을 변혁하려는 실천적 동력이 아니라, 철저하게 자신의 실존적 삶이 가지는 고통과 연민에 의해 완성해가야만 하는 호환 불가능한 형식이 된다. 단연 융융하고 아름답다.

6. 삶과 역사에 대한 남다른 기억들

기억이란 당연히 과거를 향하는 것이겠지만 어쩌면 그것은 지금의 삶을 지탱하면서 이끌어가는 어떤 심연이자 원형으로 각인되게 마련이다. 그래서 많은 사람들의 기억은 살아온 날들에 대한 회상이자 살아갈 날들의 힘으로 거듭난다. 이러한 기억의 힘을 빌려 김복근 시인은 아득한 마음의 깊이로 자신만의 시조를 써간다. 김복근 시조 미학을 이루는 확연한 구심이 견결하고 반듯한 삶의 태도에 있다면, 확연한 원심은 사라져 간 기억들을 향한 애잔한 그리움의 에너지로 충일하다고 할 수 있다. 우리 현대시조가 정형적 한계와 가능성을 감안하면서 절제와 균형의 미학을 벼리는 힘에 의해 다채로운 미학적 변용을 이루어가는 흐름에 김복근 시조는 매우 중요하고 또 탁월한 표지를 세워놓는데, 그 근원적 힘이 바로 삶과 역사에 대한 남다른 기억에 있었던 셈이다.

> 그 날 그 자리 내 어릴 적 고향 언덕
> 짚동 사이 숨겼다가 몰래 먹던 고구마
> 목메어 다시 찾아와 아스라이 보노라네
>
> 가진 건 없지만
> 없는 게 없는 들녘
>
> 새로 돋는 풀잎처럼 사월의 강을 보며
> 그 옛날 발걸음 따라 샛바람 불어오네
>
> 서러워 참고 견딘 그림자를 데불고
> 배고파 삘기 빨던 황톳빛 해를 보며
> 비우듯 가득 차 있는 내 어릴 적 고향 언덕
>
> —「고향 언덕」 전문

'고향'이란 모든 인간의 존재론적 기원이요 직접적 발원지이다. 시인은 '고향 언덕'이라는 구체 지점을 통해 삶의 비극성을 견디면서 자기 견인의 방법을 탐색해간다. 이때 그의 시편에 등장하는 고향은 역사적 구체성보다는 존재론적 원형성을 강하게 띤다. 그러한 원형을 불러오는 원리가 바로 노스탤지어일 텐데, 그런 원초적 그리움은 어떤 이상향을 지향하는 것이 아니라 폐허와도 같은 시간을 견디게 해주는 원질原質로 다가오는 것이다. 시인은 "그 날 그 자리 내 어릴 적 고향 언덕"을 거슬러 올라 이제는 사라졌을 "짚동 사이 숨겼다가 몰래 먹던 고구마"나 지금도 꿋꿋하게 그 흔적을 가지고 있을 "가진 건 없지만/ 없는 게 없는 들녘"을 응시한다. 목메어 다시 찾아와 아스라이 바라보고 있다. 풀잎 새로 돋는 사월에 "그 옛날 발걸음 따라 샛바람 불어"오는 것을 온몸으로 맞아들인다. 그러니 오래도록 "서러워 참고 견딘 그림자"는 자신의 지난날을 은유하는 것이 아니겠는가. "배고파 삘기 빨던 황톳빛 해를 보며/ 비우듯 가득 차 있는 내 어릴 적 고향 언덕"은 그 험한 세월을 지탱해준 마음의 언덕이었고, 앞으로의 세월도 가능하게 해줄 역설의 항체로 선명하게 새겨진다. 이처럼 시인은 "내 실록/ 내가 써보는/ 내 삶의 조각 무늬"(「복기復棋」)를 복기해보기도 하고, 오랜 시간 견뎌온 "지난한 삶의 길"(「서고에 책을 쌓다」)과 "옹이진 내 삶의 불빛"(「시각 장애인의 말」)을 받아들이고 감싸기도 하면서, 남다른 기억의 시학을 펼치고 있다.

어린 날 외가 마을 황톳빛 언덕배기
숨 고른 능선 따라 노오란 꽃이 폈다
마음에 마음을 더해 꽃 잔치 벌어졌다

더러는 해를 보며 머리를 세우고
더러는 무거워라 고개 절로 숙이고
성긴 듯 다습한 바람 구름이 머무르고

비우면 채워진다
채우면서 더해진다

절절한 가슴앓이 그리움을 몰고 와서
기다려 타는 목마름 해바라기 꽃이 된다
　　　　　　　　　　　　　―「강주리 해바라기」 전문

'강주리 해바라기'는 시간의 깊이를 실감 나게 응시하는 데서 발원하여 사물의 시간적 존재 형식에 대한 관찰과 표현으로 나아가는 김복근 시학의 방법을 잘 보여주는 상관물이다. 시인은 '고향 언덕'을 지나 "어린 날 외가 마을 황톳빛 언덕배기"를 바라본다. 그때 능선 따라 피어난 노오란 해바라기는 소년의 눈에 "마음에 마음을 더해 꽃 잔치 벌어"진 것처럼 보였을 것이다. 때로는 태양을 우러르고 때로는 고개를 숙인 '해바라기'는 비우면 채워지고 채우면서 더해지는 인생론적 역설의 지혜와 함께, 이제 어른이 된 시인에게 "절절한 가슴앓이 그리움을 몰고 와서/ 기다려 타는 목마름 해바라기 꽃"으로 남아 있다. 이러한 아름다운 회상 문법은 원형적 노스탤지어를 보여줌과 동시에, 사라져 가는 존재론적 기원에 대한 관찰과 묘사 그리고 그에 대한 쓸쓸함과 애잔함을 육체화하고 있다. 물리적으로는 시간의 흐름을 따라 소멸해가지만 오랜 기억 속에 남을 항구적 잔상殘像을 담아낸다. 존재론적 극점을 지나 사라져 가지만 소멸의 속성을 선명한 후경後景으로 두른 그러한 낱낱 존재자들을 재현하는 일이야말로 김복근 시인의 시쓰기 과정임을 확연하게 보여준 것이다. 그 잔상 안에는 "아려서 서러운 수관樹冠 녹음"(『팔군무송八群舞松』)도 있고, "꽃 속에 꽃을 피우며 남몰래 익은 사랑"(『고마리』)도 엿보이고, "내 마음 젖은 물속에 고요"(『미더덕의 꿈』)를 채우던 순간도 조요照耀하게 흐르고 있을 것이다.

바람이 지나갔다 눈물이 메말랐다

몰아치는 비바람에 홀로 핀 달맞이꽃

꽃대는 파죽지세로 무참하게 쓰러졌다

그들은 진창을 달리는 말이었다

내 몸은 슬픈 역사驛舍 낭자한 간이역

실험실 개구리처럼 꽃잎 져 어두운 밤

— 「슬픈 역사驛舍 — 위안부 소녀」 전문

    우리 역사의 가장 비극적 주인공 가운데 하나인 '위안부 소녀'를 대상으로 씌어진 이 시편은, 우리를 심각한 결손 민족으로 과장하면서 하루빨리 일본에 동화되는 것만이 우리가 살길이라는 신념을 표현했던 당시 사람들을 부끄럽게 하면서, 과거는 빨리 잊어버리는 것이 좋다고 말하는 지금 사람들을 새삼 깨우면서, 진중한 공적 기억의 정치학을 만들어낸다. 바람 따라 메말라버린 '눈물'이 사라져버린 것은 아닐 것이다. "몰아치는 비바람에 홀로 핀 달맞이꽃"처럼 무참하게 쓰러졌지만, "진창을 달리는 말"이 겪은 몸의 기억은 아직도 선명하기만

하다. 그 자체로 "내 몸은 슬픈 역사驛舍"였을 것이다. 아니 그것은 "꽃잎 져 어두운 밤"을 밝히는 슬픈 '역사歷史'이기도 했을 것이다. 그렇게 '위안부 소녀'의 역사에 대해 시인이 가지는 외따롭고도 처연한 회상의 순간은 "고요를 깨워 지심지심 꽃이"(「지심도 운韻」) 피듯이 오래도록 "아득한 순간의 기억"(「순장 소녀」)으로 남았다. "바람 따라 그림자 길게 내려"(「가얏고 사랑」)앉은 소녀들의 아픔은 두고두고 우리의 역사적 기억을 마르지 않게 할 것이다.

김복근의 시적 기억들은, 이처럼 고향이나 유년을 향한 회귀적 항체의 역할을 하기도 하고, 일종의 공공성을 띤 역사적 의미의 그리움으로 나아가기도 한다. 하지만 온전한 의미에서의 기억의 회복이란 그에게 허락되지 않을 것이다. 오히려 그러한 열망이 실현될 수 없는 상황에서 그의 시조쓰기는 지속되고 있을 뿐이다. 어떤 상태의 회복을 희구하지만, 그것을 결국 미완에 그치게 하는 완강한 불가능성이 그의 시조가 자라나는 역설의 토양인 셈이다. 하지만 그의 열망과 그리움은 고유한 온기와 빛을 잃지 않는다. 우리 시조시단의 우뚝한 초상이 아닐 수 없을 것이다.

7. 낮고 깊으며 또한 한없이 흘러가는 목소리

　시조 고유의 내력이자 자질인 성형적 구속은 자유로운 시상詩想을 가로막는 장애 요인이 아니라, 그러한 형식을 통해서만 성취가 가능한 일종의 '존재의 집'이라고 할 수 있다. 따라서 이처럼 정형 속에서 이루어지는 경험이나 공감은 스케일이 큰 것보다는 소소하고 미세한 것들의 움직임에서 비롯되는 경우가 많다. 또한 장중하고 파장이 큰 서사보다는 이른바 '충만한 현재형'에서 구축되는 시인의 순간적 정서가 시조에서는 우세하기 마련이다. 하지만 김복근 시인은 이러한 시조의 미시적 기율을 누구보다도 충실하게 지키면서도 스케일 큰 역사와 마주하고 있기도 하다.

　김복근의 이번 시조집은 미학적으로는 스스로의 정점으로 나아가기도 하고, 마음 깊은 곳에서는 경험적인 구체성으로 회귀해 들어오기도 한다. 그 점에서 그는 스스로는 낮추면서 삶의 아름다움과 비극성에 대한 형상화에는 높은 안목을 가진 시인이다. 아닌 게 아니라 그의 아호雅號 수하水下는 '물아래'를 뜻하기도 하고 흐르는 내나 강의 하류를 말하기도 하는데, 그만큼 시인의 목소리는 낮고 깊으며 또한 한없이 흘러갈 것이다.

　시를 포함한 모든 언어예술은 한 시대의 속성을 증언

하려 한다. 인과론적 설명으로 세계가 명료해지지 않는다는 것이 확실해짐에 따라 시인들은 우리 시대의 복합성과 중층성과 예측 불가능성 그리고 다양성의 풍요로움을 힘껏 그려 보이려고 한다. 주체의 정체성을 신념의 논리에서 연역하는 것이 아니라 무수한 타자의 목소리를 끌어들여 사신의 빈디를 채우는 작법을 지속적으로 견지해 가려 하는 것이다. 이를 통해 피아彼我의 확연한 구별이 아니라 양자 간의 경계를 허무는 작업을 끊임없이 착근시켜 가고 있다. 김복근 시조는 이러한 간단없는 싸움과 견딤을 통해, 상품 미학과 문화 자본의 전횡에 직면한 시조가 폐허를 건너는 장면을 절정의 미학으로 보여준다. 우리는 그러한 과정을 통해 존재의 시원과 역사를 탐색하는 김복근 시조의 위의威儀를 확인하게 된다. 그리고 시인의 낮고 깊으며 또한 한없이 흘러가는 목소리가, 더욱 구체적이고 심층적인 경험과 예지를 담은 다음 세계로 불원간 한 걸음 더 나아갈 것임을 강렬하게 예감하게 된다.